당신의 작은 손을 잡고

# 당신의
# 작은 손을
# 잡고

이원경 두 번째 시집

**좋은땅**

# 뜨내기 인생

진리와 진실이

나의 감각 전부가

무너지고

넘어선 것마저 넘어설 때

나의 내면 깊숙이

그리 멀지 않은 어딘가에 있음을

신새벽 고요함이 알려 줄지라도


오롯이 나를 마음으로써

낮은 곳에 내려놓는 길이

나를 백 번 살리는 길임을

순간순간

나이 먹은 나날들이 알려 줄지라도


훤칠한 삶이 나의 꿈이었다 치더라도

양지바른 대합실 귀퉁이에서

막차 기다리는 심정으로 살아야 하는

나는 뜨내기

## 3부 춘추를 느끼며

## 4부 나를 찾아서

1부
_____

큰
인연

# 나의 어머니

날 낳으신 이래
옷도 맹목천 옷 입으시고
나물도 맹목나물만 드시고
여든 생을
맹목바닷가에서
못난 꽃 하나 등에 업고 사시는

# 나의 아버지 (5)

스무 남은 해 전 호기 찰진 시절이 있었습니다
겉멋에 부푼 꿈 좇다가
한풀 꺾인 날이 있었습니다
그래도
당신께서는 한 그루
긍정의 나무를 키우고 있었습니다
나무 밑동 뿌리까지
긍정의 물을 배게 했습니다
쓰다듬으며 물관에 흐르는
침묵의 소리를 듣고만 계셨습니다
끝끝내
창공을 향해 뻗기를
제 빛깔 발하기를 지켜볼 뿐이었습니다
그 후 이십 년의 나이테는
긍정의 큰 원을 그리게 되었습니다
바라보는 별에 눈을 두는 방식이 점점 닮아 갑니다
나는 당신의 아들입니다
당신은 나의 가을바람입니다

# 나의 아버지 (4)

첫사랑 잃고
동촌 금호강가에 재 뿌리고
돌아서서 들에 나가 밭맸다고
오십 넘은 제게 처음으로 입 여신
나의 아버지
그토록일 줄 몰랐습니다
사랑 잃어 본 심정 슬쩍이라도
헤아려 보지 못해 미안합니다
돌아앉아 울지도
하늘 한 번 쳐다보지도 못한
급급한 젊을 적 당신의 삶을
내 초라한 추억의 십 분지 일 만큼도
나는 들여다보지 못했는데
당신께서는 지금도
소금장수 여름날 챙기듯이 해 주시고

# 나의 아버지 (3)


어깨받이가 당당하셨던
그 기운 뻗쳐
들어선 백양 숲 마실 어귀가 훤했는데
그 아버지 늙어 갑니다
백 리 길 거뜬한 허벅지가 가늘어 갑니다
내 마음도 따라 가늘어 갑니다
애달픈 가을 산에 눈물 고입니다

여든 생을

맹목바닷가에서

못난 꽃 하나 등에 엎고 사시는

# 나의 아버지 (2)

까까머리 밤송이 같던 시절
잔병치레 잦아 넘어질까
입 짧아 버짐꽃 필까
산 넘어 시내 육소간 가서
외상으로도 배불리 먹으라는 말씀에
아버지 이름 당당히 달고
외상 소금구이 양껏 구워 먹었던 나는
깨금띤 소금구이 값 아직도 제대로 못 하고
아버지는 자꾸 늙어가고

# 나의 아버지 (1)

나그네 설움의 시대에
나그네 설움의 콧노래로
신새벽을 흥으로 열어젖히고
한세상 일하는 재미에 희망을 걸고
당신의 어제를 한없이 걸었습니다
큰 가슴으로 당신을 누르고
세상사 바람 같은 날들을 몸으로 재웠습니다
청정 본심의 삶은
청천 하늘가에 희망가도 울렸습니다
그리고 이제
열망의 나무도 계절 따라 쉬어야 함을 봅니다
뜻 없이 세월에 밀려 닿고 본 황혼은
지나온 자국을 무정하게도 합니다
그러나 마냥 텅 비어 있지는 않습니다

군인 가기 전 어느 젊은 날
제 바람도 못 이겨 대들던
그 자식은 해 기우는 타관 땅에서

오늘도 걷는다만은

설움의 시대가 한참을 지났는데도

당신의 반만큼도 못 걸었습니다

# 다함없는 사랑

웃으라고
여지껏 말씀 하신 적이 없습니다
그러나
당신은 언제나 환하십니다

부지런하라고
지금껏 말씀하신 적이 없습니다
그러나
당신은 평생을 일만 하십니다

사랑하라고
단 한 번도 말씀하신 적이 없습니다
그러나
당신은 늘 사랑하십니다

전부가
마음으로써 몸으로써의
가르침이었습니다

그 가르침 그 인정
따스한 강물 되어
면면히 흘러 내려갑니다

넓고 끝없음이
어디 하늘에만 있겠습니까?
어버이 다함없는 사랑은
봄볕처럼 스며 녹아 피가 됩니다
그리고
나의 몸속에서 끝없이 흐릅니다

# 여자이기 때문에

춘삼월 꽃길도 재미 못 본 체로 하지 넘긴 청춘이

주저앉아 있습니다

그 옆에 망초꽃이 핍니다

아이 업고 양파 까고 파 다듬어

된장국 끓이던 아내가

하얀 꽃 어깨 너머로 보입니다

그 아내 늙어 갑니다

귀밑머리 쓰다듬던 맹서는

허공에서 가물가물합니다

망초꽃도 유월 호시절 만나 절정을 보는데

된장국 끓이던 아내에겐 유월은 없었습니다

청포 입고 온다던 맹서를 기다리다

잠들어 잊어버렸습니다

차라리 지워 버렸습니다

여자이기 때문이겠지요

내가 아주 미워집니다

곱던 얼굴 바로 볼 수 없습니다

또 내가 미워집니다

이 마당에 내일은 꺼낼 수 없습니다만
당신이 한 번 준 사랑은 언제나 사랑입니다
우리 큰 인연을 마음으로 다져
가슴에 붉게 물들여 봅니다

# 봄 선물

돈 벌이 안 되어 짜치지만
자잘한 꽃 그림이
잔별같이 박혀 있는 주름치마랑
꽃 레이스 수놓인 폭닥한 니트 한 벌을
봄이 온다기에 아내에게 사 주었다
헐하지만 마음에 들어 해서
고맙기도 미안하기도 했다
마음 같아선
봄볕 한 줌 손에 쥐어 주고 싶었다

바라보는 별에 눈을 두는 방식이
점점 닮아 갑니다

나는 당신의 아들입니다
당신은 나의 가을바람입니다

# 당신의 작은 손을 잡고

동지 햇살이 따사로와

당신의 작은 손을 잡고

햇살을 업고

햇살을 안고

가을이 남겨 놓은

마른 상수리 잎과 솔잎이 수북한 겨울 길을

오래전 하얀 노트 위에 편지를 써 내려갔듯이

걷고 싶습니다

하늘도 청청

오늘 하늘같이 속내도 따라 맑아

당신도 청청

눈동자 검고

입술은 붉고

머리카락은 윤이 납니다

날이 좋아 이런저런 히고픈 애기는

백날을 해도 모자랄 것입니다

동지 해 짧아도 빛살은 순금 같아

발걸음 가볍고

머금은 미소가 환합니다

그리고

오늘 하늘같이 당신의 마음은 언제나 푸릅니다

# 어느 한 여자가

내가 오십 나이를 먹을 때보다도
푸르렀던 내 아내가, 곱던 그 여자가
그 많던 봄조차 만개해 본 적 없이
오십 나이를 먹는다는 것이 더 허허롭다
쓸쓸한 가을볕처럼

# 알뜰한 당신

오늘 저녁은 가을 장맛비처럼 내가 그리 미워도
내일 아침이면 당신은
우렁각시가 된다는 것을
세월이 많다 보니 절로 알게 되었지요

제사상에 쓰고 남은 황태가
귀한 밥반찬 된다는 것을 안 당신은
알뜰한 당신입니다

겨울 삼동 추위에
석삼년은 더한 세월같이 되어
서쪽 하늘 눈썹달처럼 늙어 가네요

가슴 한쪽 따뜻한 방에
씨받이 감자알같이 고이 묻어둔 이 한마음
어느 볕 좋은 봄날에 뚝 떼어 내어
보름달처럼 안겨 주고 싶습니다

저문 늦봄

소쩍새 고달프게 울부짖어도

당신은 오늘도 꿋꿋이 살아갑니다

# 일심이체의 동행 길에서


봄날 뻐꾹새 열두 해 홀로 울어 줄 때
담장 넘은 장미꽃 열두 해는 시들고 나서야
나의 운명을 사랑함의 끝은
당신을 사랑하는 것이라는 것을
나는 알았네

봄볕이 더 좋은지
가을볕이 더 좋은지를 다툰 후
멋쩍은 어느 날 아침
비 올 리 만무한 멀쩡한 날씨인데
오늘 비가 오냐고
괜스레 묻던 그런
소원한 일상도 많았지요

어느 해이던가
경복궁 뜰에서
둘이서 찍은 사진
그 사진 안 보일 때는

당신이 나에게 미움이 있을 때이고
그 사진 보일 때는
당신이 나와 함께
행복할 때라는 사실도
세월이 많다 보니 알게 되었지요

마음속 강물이
헤일 수 없이
마르고 차고
마르고 차고 난 뒤
어느 세월의 강기슭에 때 없이 닿고서야
서로에게 꽃보다 귀한 존재로
남아지게 되었지요

젊은 날 한때 귀했던 사랑마저
삶의 무게를 못 이겨
사랑했던 만큼 애타고
미워하는 만큼 속도 썩어가

어이할 줄 몰라
뻐꾹새도 울어 주던 그 세월은
마음 한 번 열고 먼저 손 내밀면
봄날은 기다린 듯이
하루에도 찾아와 상처도 아픔도
씻은 듯이 낫는다오

마음속
마르고 차는 강물 건너
한 십 년 더 살다 보면
일심이체의 동행 길에서
지난날 같은 달을 얘기하며
남은 날 같은 별을 얘기하며
둘이서 환하게
걸어가고 있겠지요

나의 운명을 사랑함의 끝은

당신을 사랑하는 것이라는 것을

나는 알았네

# 꽃이 살아 있음에

지금도 그 꽃은 그 꽃입니다
처음에도 그랬겠지요
그렇지만
저절로 피는 줄 알았습니다

무심 그리고 사랑 없음이 짙어져 갈 때
사람은 누구나 다 잘못되어 감을
알아차릴 줄 압니다
사람은 또한 스스로 깨칠 줄 압니다
미워하는 마음도
나의 존재로 말미암아 일어났음을 잘 압니다

그러기에
마음을 열고 다가갔습니다
정성을 다해 가꾸었습니다
이마엔 구슬땀이 맺혔습니다
시간은 누구에게나 공평합니다
나만의 시간을 찾아내어

열심히 가꾸어 주었습니다

그제야

나의 꽃이 되어 활짝 피었습니다


지금은

꽃이 살아 있음에

그저 감사할 따름입니다

# 행신역에서 울다

허름한 국수집에서
아버지 어머니,
국수 한 그릇 나누어 오물오물 드시고
나도 한 그릇 싱겁게 먹고
역으로 간다
역사 계단은 층층이 아득하고
역사 계단의 상층만큼
높고 당당하던 당신의 어깨는
오래된 어느 간이역 뒷마당같이 쓸쓸하다
젊은 날 세상을 말 달리던 보폭은
온데간데없고
팔순의 발걸음으로 남아 아장아장
나의 발걸음을 눌러도 자꾸만 앞서 간다
벤치에 앉아 기차를 기다린다
당신들의 얼굴 한참을 쳐다본다
젊은 날의 모습을
어느 구석에서라도 더듬어 찾아보려고
그 옛날은 아무 데도 없다
내 가슴도 비어오고 미어져 아파온다

그래도 내 나이 오십 넘어 처음으로
안심해도 되겠다는 눈빛을 내게 주신다
벤치가 따뜻하다
기차가 무겁게 다가온다
기차 안에서 4A 좌석 4B 좌석 찾아 앉혀 드리고
잘 가이소 잘 가이소
툭박진 짧은 인사의 고향 사투리는
당신들과 나를 젊은 날 함께한 시간과
슬하의 시절까지 순간 관통해서
부자지간 모자지간으로 이어 준다

돌아서서 내디딘 플랫폼 콘크리트 바닥이 딱딱하다
먼 산 먼 하늘이 알아서 다가온다
잠시 눈을 감는다
스치는 바람에 괸 눈물 말린다
나는 누구이며
아버지 어머니는 누구인가
또 내 자식은 누군가
역에서 묻는다

# 그해 춘삼월은

햇볕 쨍글쨍글한 어느 봄날
우리 아버지 감나무 아래서
브로크 담장 쌓을 때
목련꽃 활짝 피어 주었지요

우리 엄마 건넛들에서
미나리 한 광주리 이고 오실 때
참꽃은 온 산을 붉게
물들여 주고 있었지요

봄이 익으면
산에도 무진장 꽃을 낳고
들에도 무진장 꽃을 낳았지요

산돌 반질힌 뜨락은
바른 볕에 데워져서
두 볼도 따뜻했지요

소쩍새 울음소리는 그리움에 목말라

앞산 뒷산 밤새도록 둘러 퍼졌지요

그해 춘삼월은

2부

추억 속에서

# 순수의 시절

이름도 가물가물한 친구의 노래
마포 종점을 콩자반같이 모여 듣던
산국화 같던 얼굴들 보고 싶고
따끈한 오뎅 국물 한 모금에
굽은 손 녹이고
시린 발로 산골 십 리 길도 거뜬했다

짝사랑의 시작
첫사랑의 종점
그 아이들 지금도 미소로 반길 것 같고
뒤돌아보면 아득하고 그리운데
나만 민들레 씨앗 되어
타관에서 정처 없다

가을밤 깊은 오늘
종점의 밤 전차처럼
나도 빈 채로 멈추어 본다
순수의 시절로 되돌아가 본다

# 그 세월

구불구불 시오 리 길도 가뿐히
미역 이고 미역 팔러 온 미역 아지매
봄볕에 잊혀진 지 오래고
리어카 위에 엿판 싣고
리어카 안에 빈 병 몇 개 싣고
엿 팔러 온 엿쟁이 아재
아직 살아 있는지 가을볕에 문득 궁금하다

리어카 은살같이 돌듯이
굴러 굴러 온 세월 아득하고
엿처럼 달달한 맛만
미역국처럼 쫄깃한 맛만 알았던 나는
나는 아무것도 몰랐다
이제는
이고 온 미역에 눌린 미역 아지매의 발걸음만큼이나
무거운 세월을 알 듯 말 듯한데

올 추석, 고향 가면
정면으로 그 세월을 함께 흥정한 늙으신 어머님께
미역 아지매 엿쟁이 아재
소식 한번 들어 보련다
무정한 것이 어디 세월만 한 게 있으련가만은
죽었는지도 살아 있는지도 함께

# 봄비 오는 날

저녁부터 온다던 비가
한나절 앞당겨 낮부터 내린다
어제 돼기밭에 고추 모종 옮겨 심은
늙으신 우리 고모님 좋아라 하신다
참새 떼 무리 지어 이리저리 바쁜데
아카시아꽃 향기는
빗속에도 그윽하다

봄비 오는 저녁
부추전은
식구들 속에 둘러싸여
저녁 봄비처럼 익어 간다
산다는 것은 때로는
푸근한 한때
푸짐한 한때를 위한
봄비 오는 날을 찾아다니는 것

# 별처럼

아침 날
지친 몸 이끌고
고봉산 길 늘상 가던 길을 간다
키 큰 새파란 갈대도 멀찍이서 아는 체하고
길가 낮은 곳에서는 강아지풀도 반겨 주는데
오늘은
삶에 대한 이런저런 생각이 불현듯 스치운다
삶은 찰나이고
삶은 분명 이슬 같은 존재인데
그러나
살아 있는 한
생명 속엔 우주와도 바꿀 수없는
위대함이 있고
고귀함이 있고
소중함이 있다
내가 살아가야 할 날들 속에는
부지런한 날들이 깨어 일어서고 잠든다
정직한 날들이 깨어 일어서고 잠든다

그리고

보듬고 가야 함이 있고

일상의 여러 소박한 소망들이 있으며

또한 많은 날들을 웃음으로 꼭꼭 눌러 채워야 함이 있을 것이며

문촌마을 선생님께서 말씀하신 참 나를

만나 보아야 하는 일도 있다

손등 위 검버섯 점들이

무슨 북두칠성인 양 숭숭 생기는 것을 보니

살아온 날들보다

살아갈 날들이 적다는 것도 단번 짐작케 한다

설령 내가 내일 이슬같이 사라진다 치더라도

오늘 살아 있는 한 그럴 수는 없지

절대로 아무렇게나 할 수는 없지

풀 한 포기의 귀한 생명

한 마리 개미의 소중한 날들

가던 길 옆 풀잎 위 이슬이 별처럼 반짝이누나

떨리던 손잡으며

까만 눈동자 서로 부여안듯이 맞추운

봄날이 있었다

# 책 향기 마을

다른 계절은 몰라도
은행잎이 물들어 가는
늦가을이 착 감기울 듯한

저녁이면 밥 짓는 연기
아직도 피어오를 것만 같고
마음이 청천 하늘을 닮은 사람들
여기서 모두 만날 것 같은

밤이면
책장 넘기는 소리
밤하늘 유성처럼 고요함을 가를 듯한

눈 감으면
책 향기, 꽃향기처럼 퍼질 듯한
언덕 너머 길 바른 작은 마을로 간다

# 첫눈

하얀 눈이 내린다
멀뚱한 소, 닭 처다보듯 한
첫눈이 내린다

세월 속에 첫눈도
나이 먹으며
늙는 모양이다

설렘이 있었고
기다림이 있었고
포근함이 있어서 좋았는데

그 추억은
서산 해 빠진 후
알지 못할 대형으로
목적지가 어딘지 알 바 없는
저녁 기러기 무리처럼
잠시 스치운다

첫눈 치고

제법 많은 눈이 내리고 나서야

늙은 창녀도 다정한 이웃이라는 사실을

깨닫게 하는,

못난 젊은 날을 용서해 주는

그 옛날의 첫눈이 내리고 있다고

잠자는 듯한

세상살이 알만 한 듯한

저 아래 깊숙한 곳에서

일깨우고 있다

# 홍시가 익어 갈 때면

순금 같던 산국화는
동짓달 짧은 황혼빛에
싱겁게 저버리고
정든 거리에서 돌아서면
초저녁 별도 차가운데

마음 밑천 없는 사람에겐
봄은 멀고 바람마저 매워
청천 하늘가에 달래 보고파
고개 한 번 들어 볼 양이면
매운바람 눈가 스쳐
실없이 글썽인다

# 어느 밀양한 봄날

떨리던 손잡으며
까만 눈동자 서로 부여안듯이 맞추운
봄날이 있었다
가슴속 촛불처럼 피워 놓은 하고픈 그 말
꺼내기 어려워
바람도 멈추어 주었던 봄날이 또 있었다
그 말 품고 살아온 삼 년 봄날이 흘렀다
바람도 삼 년 봄날을 간간이 멈추어 주었다

광대 같던 야속한 세월에
그리움은 서러움이 되어
마음먹고 마음으로 떠나보내던 날
무너져 내린 빈 가슴에
그날의 봄볕만은
눈물은 흘러도 원 없이 밀양이 되어 주었다
새 소리 멈춘 산비탈에도
밀양은 그제야 불붙은 진달래 꽃밭을

눈물은 고여도

빼곡히 한없이 한없이 채워 주었다

그리고 나는 나를 놓아 주었다

# 그대가 떠난 후에

그해 초봄
동백꽃이 피기 전
우리는 길을 잃었다
그대는 길가에
침묵의 돌 하나 두고 떠났네

제 스스로 이기지 못하는
노래를 부르다가 부르다가
잠들다 깨어나면
만지작거리는
따스한 돌 하나 두고 떠났네

이어 갈 그리움의 끈
끝끝내 닳아 버리거든
바람으로 풍장시킬 먼 훗날
한번은 그 자리 찾아야 할
흔적의 돌 하나 두고 떠났네

내가 잃은 길에도

그대가 잃은 길에도

이제사

봄비가 되어 내리네

# 과일 장수 이 씨

오늘도
나름대로 목 좋은 곳에서
한 트럭의 햇과일을 싣고 와서는
빛깔 고운 계절의 맛을
한 봉지씩 팔고 있다

과일장수 이 씨
트럭 타고 온 과일을
살기 위해 돈으로 바꾸지만
실상은
열매를 통해서 햇살을 판다

단맛 담은 감색 햇살
향기 배인 자주 햇살
윤기 반질한 푸른 햇살을
두툼한 손으로
한 봉지씩 가득 눌러 넣어
기분 좋아라 건네준다

과일장수 이 씨

그대는

지상에서 천상의 맛을 파는 사람이요

먼 우주에서 온 햇살을 파는 사람이요

정직한 계절의 변화를 파는 사람입니다

# 일산시장 생어물전 김 씨

일산시장은
닷새마다
장날 선다네

가로수 단풍들은
올가을도 울긋불긋
생어물전 김 씨 얼굴
한 잔 술에 단풍도 취하고

늦가을 해 쉬이 저물어
어스름 속 여기저기
장 파하는 소리 들린다

생어물전 김 씨
해 다 지고 그 해
인천 앞바다에 깊이 빠져도
생어물 다 팔아야
집으로 갈 수 있다네

뼈 없이 좋은 사람
셈 싫어 이문 없지만,
오늘 인정으로
오늘 족하면 그뿐인 사람

장날이 좋아 장날을 쫓아가 버린
그래서 장돌뱅이가 돼 버린
생어물전 김 씨

소맷자락 비린내는
이 세상 끝내고 저승도 지나
그다음 세상의 넓은 바다내음
그 비옥한 향기입니다

# ○○은행 앞 홀로 난전

○○은행 처마 아래
장맛비 주룩주룩

계단 비켜난 모서리에서
재넘이 채전 푸성귀는
옹기종기 모여
서로 먼저 팔려 가려 하지만
오후 내내 한 광주리 가득

빗방울 구경하다 잠들어
어머니 찾아갔나
만질만질 까만 얼굴에
그리움이 비처럼 흐른다

그놈의 손톱 밑 흙 때는
다음 생에서나 이별이겠지

행인, 손님 되어
깻잎 한 묶음
호박잎 또 한 묶음 사 주시면
눈물 담은 한 담은 그 광주리
가벼워 가벼워

이어 갈 그리움의 끈

끝끝내 닳아 버리거든

바람으로 풍장시킬 먼 훗날

한번은 그 자리 찾아야 할

흔적의 돌 하나 두고 떠났네

# 능소화

이제야
내 너의 존재를 알았구나
진즉에 너를 알았더라면
지난 여름날들이
모질지 않았을 텐데

한여름
태양의 위세에 눌려
모두가 떠날 때
눈부신 자태를 뽐내는 너는
어느 가문의 후예인가?

너에겐
한여름 고독 따윈 존재할 수 없지
이미 넌
상처 난 전설을 품고 살아가니까

아름다워라 반시 빛깔이여
죽음조차 기품 있는 너의 자태에
기꺼이 무릎 꿇을 수 있겠소
어여뻐라 능소화 능소화

# 그리움

빈방에 들어섰을 때
그 사람 얼굴도 따라 들어왔다
조금 후
지난날도 따라 들어왔다
어젯밤
창가의 한 아름 달빛은 먼저 와 있었다
달빛은 지난날처럼 푸르렀다
물론 거기엔 쓸쓸함도 있었고 외로움도 있었다

오늘 아침
빗소리 참 크게 들린다
빗소리 참 크게 들린다
오뉴월 빗소리도 한 사나흘이면 마는데
그리움 저도 지치면 말겠지
비 그치면
뜰 앞 빗물 어린 목련이
순백으로 생이 타오르는 것에
꼭꼭 달래어 보겠다

# 달님

예전에 예전에 알아왔듯

윤사월 봄날같이 당신은

날 훤히 반기어 맞아 주었습니다

가시지 않은 많은 날들은

나를 이렇게 감싸서 묶었습니다


아주 우연일지라도

진정 찰나일지라도

억만 겁 인연의 표를 끊어

풍진 하룻길 위에서

그려 오던 당신과 함께 걸어갑니다

말 안 해도

이야기의 바다에 녹아듭니다

얼굴 안 뵈어도

절로 화안합니다

눈빛 안 맞추어도

눈 속에 있습니다

돌아오는 길

한 아름으로

당신을 안고 돌아옵니다

# 봄날은 간다

내 젊은 날 어쩌다 찾아온 사랑은

북어처럼 말라서

가을 추자보다 고소하지 못했으며

산철쭉보다 붉지도 않았으며

기쁨만큼 아픔도 각오한 그 보람도 없었다

올봄 또 깊이 없이 간다

3부

춘추를 느끼며

# 겨울 고독

뒤안길 독에 묻어 둔
김장 김치 불그스레 익어 가고
담벼락에 모인 온기 짙은 햇살에
찬 바람도 삭아
겨울에 맛이 들어갈 때쯤
지난해 동짓달과 섣달의 시간들은
언제나 그러듯이
까마득한 전설이 된다

오늘 날씨 궂어
산비탈 초입
살얼음 언 진흙 발자국 위에
진눈깨비 날려 쌓인다
너의 고운 얼굴 거기 있으나
너의 고운 인정 여기 있다면
진눈깨비 가슴팍에 날린들,
볕 잘 드는 산비탈 초입에서
작년 동짓달에 죽은 산국화며 들강아지풀

그리고 마른 낙엽들이

그토록 해묵어 보이진 않을 것인데

# 새봄은 오는데

붉은 해 앞산 솔가지 위로
수월히 올라서는 입춘 날
돈 벌어 먹고사는 일
세상사 기로운 일 따위는
그 자리에 가만 놔두고
마음은 훌훌 멀리 떠나 본다
오늘
내가 꺾어 부르길 좋아하는 노래가 있어
흥겹고
공한 마음 차분히 채워 줄 시가 있어
기쁘고
머지않아 따사로운 볕이 목덜미에 앉을
봄이 온다고 생각하니
이리도 생기 있고 저리도 발랄한 임 볼 듯
설렌다
새봄은 오는데
나는 이제 무엇으로 신명 나서 춤추어야 하나
내가 가진 것이 그리 없는데

무얼 얼마나 풀어헤쳐 놓아야 하나

무엇에 슬퍼하고 외로워해야 하나

꽃 타는 날일까나 봄비 오는 밤일까나

새봄은 오는데

대하는 무엇마다 마음의 매무시를

어이 가다듬어야 하나

꽃 피면 나는 흔들릴 텐데

꽃 지면 나는 더 흔들릴 텐데

# 꽃피운 너에게

그 절박함으로
너는 꽃피웠을 텐데
진물이 나도 그 아픔 몰라주고
무진 마음 졸였을 너의 속을
한 번도 헤아려 볼 줄
몰랐던 내가 어렸네
늦었지만
인고한 너의 속이 겉모습보다
백배는 아름답구나

# 봄비

창가에 한 사람 사박사박 서성인다
잊은 줄만 알았는데
처진 어깨가 살짝 들썩인다

떨리던 목소리로 두드리던
처음 잡아본 섬섬옥수의 추억으로
차갑게 야무져서 얇아진 입술처럼
톡톡 튀는 종종걸음으로 다가온다
환한 만면의 미소로
때로는 깊은 한숨으로
그래서 더 그립고 더 보고 싶었다

오늘 봄비는 한 여인의 고운 품성도 지녔겠지
이 밤 잠들 수 없다
이별도 이별이지만
그리고 시간이 허락해 준
희망도 희망이지만
나는 간다 전부 두고 홀로 간다

목련꽃 잡을 듯이 봉긋이 폈던 날들
목련꽃 놓칠 듯이 뚝뚝 졌던 날들
그 모두를 잔잔히 껴안고
오늘밤 봄비는 비가 되어 내린다

# 입추 단상

가을이 들어섰다
어스레한 저녁
이른 풀벌레 소리 침상머리맡에 들려오고
한낮 땡볕은 따끔따끔하고
볕에 튀긴 강변 모래알은 금모래 은모래 된다
건넛들 콩밭 매어 등골에 맺힌 땀방울은
살랑바람에 잘도 마른다
거리를 거니는
여인네 양산 밑 그늘도 짙어 간다
여름 추억 못 잊어
못 잊을 사람 있다면
잊어야 하나
윗단추 하나 풀어 두어도
나쁘진 않을 텐데

# 삭바람도 시들어야

솔나무 삭다리에조차
쟁쟁히 울던
섣달 삭바람이
시들다가 시들다가
문고리에 잠들면
봄볕은 어느새
문 비집어 길게 들어와
이불 시렁에 앉는다

# 봄의 정한

봄비 와서

봄 깊어지고

두견새 울음 깊어

서산에 불붙은 산철쭉 시들면

올봄도 무정하게 갈 것이 분명한데

내 설움이야

내 기쁨이야

골진 방 안에 함께 머물러도 좋고

어찌 내 힘으로 감당해 볼까만은

봄이 난 자리 무진 아쉽고 무척이나 섭섭해

들에 나가 콩밭 매어

손톱 닳으면 잊을까나

손톱 밑 새까맣도록이면 외롭지 않을까나

새봄은 오는데

대하는 무엇마다 마음의 매무시를

어이 가다듬어야 하나

꽃 피면 나는 흔들릴 텐데
꽃 지면 나는 더 흔들릴 텐데

# 새봄과 파랑새

먼 옛날 주몽이 새 나라를 세우자고

부여를 떠날 때도

햇볕은 도톰히 따뜻해 오고

강물은 풀리고 언 땅도 녹아 질벅질벅할

입춘 지난 초봄이었으리라

먼동이 일찍 깨어

찰진 대지에 움 돋는 새싹의 꿈을 서둘러 볼 수 있고

해 진 뒤 박명한 저녁에는

집집이 밥 짓는 연기 흐뭇이 피어오르고 시장기는 돌아

삶의 의욕 덩달아 드높다

이 희망찬 새봄에

나의 아버지께서 그러했듯이

나는 나의 일을 한다

그 무엇을 이루기 위해서가 아니다

그 무엇을 한다는 것이 그 얼마나 즐거운가

그래서 벅차다

그래서 기쁘다

때때로 사는 것이 아득해도

남들은 돈을 쫓아 바람처럼 우르르 몰려가는데
따라가지 못한 것이 차라리 잘된 일이라고 여기니
마음 편하고
지난 연말 적십자 회비 삼만 원 흔쾌히 내어서
그 기분 은근히 댁길이다
오, 봄은 오는데
나의 봄을 구석지고 누추한 나의 방 안까지 초대하리라
밤이 새도록 봄을 노래해 보리라
그러면 봄도 날 친구처럼 알아주리라

# 봄 저무는 날

봄 저무는 날
바람 갈 곳 없고
볕도 갈 길 막막한데

이 꽃 저 꽃
하직 인사도
반갑지 않구나

길은 먼데
내년 봄 길에 다시
그리운 얼굴 볼까 하니
차라리 무심하련다

# 봄이와 하나 되어

봄이는
노오란 꽃신 신고
개울 건너
연분홍 치마 자락
살짝이 잡고서
새악시처럼
오는데

나는 어찌하여야 하나
고운 임을
빈손으로 맞아야 하나
가만히 앉아서
개울 건너오는 모습 보고만 있어야 하나
아니지 아니지
목 빼어 기다린 설렘으로 마중 나가
덥석 안아 환안 얼굴 마주보며 빙그르 돌 것이네
봄이와 하나 되어
나는 놀이에 빠진 사내아이가 될 것이네

나의 봄을 구석지고 누추한 나의 방 안까지 초대하리라

밤이 새도록 봄을 노래해 보리라

# 처서 날

물새 다리 같은 사루비아 꽃대 밑에서
반짝이는 모래알 같은 날

여름
다 지나가서 돌아보니
그래도 올해는 수월했지요?

애야 무슨 소리하노
기운 없다
늙어서 그런가
그래서 탕약 한 재 지었다

가을 깊어지면
조석으로
도토리 줍는 재미도 붙이련다

# 가을비

봄비 그치면
봄기운 차오르는 기쁨에
내 부족한 것도 보람이 되었는데
대지의 열기도 식어 버린 이 마당에
차갑게 내리는 가을비의 보람은
어디서 찾아야 하나?

작년에도 이루지 못한
구절초의 꿈
무심의 숙원
올해도 다다를 수 없어
그 보람도 함께 무너졌다

그 슬픔을 위해
차라리 함빡 적셔 주어
실컷 설움으로 토해 내면
구절초 어깨 위에 스며드는
가을비는 이토록 차갑지 않을 것이며

고개 숙여

가는 길을 막지는 않을 것인데

# 가을 저녁

날은 저물어
궂은비도 사람 그리워
집으로 추적추적 찾아 들어온다

노랗게 야물어 가는 옥수수
알알처럼
지난 여름날 하루하루가
진정 열렬한 날들이었는데

내일 아침이면
백로 지난 가을 하늘은
제 혼자 높아만 가려 할 것이고

무엔지 그리운
망초꽃 홀로 지키던 백주의 여름
아지랑이 구불구불 타오르던 봄날
눈 내리던 겨울밤도
차마 비켜서서 무심으로 채우려 했건만

이 자리 이맘때까지

그러하지 못하고

공허의 빈 잔 되어

가을 적막한 밤공기만 채워지누나

## 만추의 저녁에

가을 빛살에
미닫이 문창살 손보던 목수는
대패며 망치며 끌을
내어 던져두고
가을 놀이 간다고 가버렸습니다
입동 지난 단풍은 느지막이
산을 타고 사람 사는 마을 아래까지 내려와
끝물로 가는 만추의 저녁을
불그레이 물들여 줍니다

대문 앞에는
낙엽도 사람 그리워
찾아와서는 쓸쓸히 서걱대고 있습니다
낮에 홀로 가을 거리를 거닐어
바람에 날리는 몇 가닥의 잔머리가
외로운 한 여인은
엽서같이 흘러간 지난날의 추억이
새삼 낙엽처럼 우르르 몰려와 아른거려서인지

알 수 없는 삶은 언제나 무거워서 그런지를

잠시 스쳐 생각해 보는 이 한밤에

가을밤은 제 혼자 고요히 깊어 갑니다

# 한겨울 지나가는 길에서

까만 날 동지는
비켜선 지 오래고
지금은
소한과 대한 사잇길에서
겨울은
더디게 관통하고 있다
눈보라 없이
차가움 없이
누그러져 지나가길 바랐건만

한겨울 지나가는 길에서
편지 한 줄 써서
건네주고픈 이도 떠나 버리고
바이올린 선율 같은 그리움은 남아
눈보라보다 더 붐비며 다가오는 것을
차가움보다 더 아리게 파고드는 것을
세월에 묻어 버린다 해도 많이많이 사무칠 것을

소한과 대한 사이

어느 해처럼

소춘도 있으련만

바이올린 선율 같은 그리움을

청천 하늘에 띄워 놓고

한 줌의 햇살을 안고

나는 한겨울을 홀로 가야 한다네

편지 한 줄 써서

건네주고픈 이도 떠나 버리고

바이올린 선율 같은 그리움은 남아

눈보라보다 더 봄비며 다가오는 것을

# 지금은 엄동설한

지금은 엄동설한
저마다 안으로는
성냥팔이 소녀가 되어
성냥 팔아 살아가야 하는 심정으로
침묵의 겨울을 맞이한다

마음 한 자락 앉힐
구절초는 내년 가을을 기약하고
떠난 지 오래되었고
미나리 싹 틔어 줄 봄날은
아득하기만 한데

슬픔과 기쁨은 오고 가는 것
슬픔의 구름이 짙어질수록
슬픔의 구름을 져다 부리기보다는
슬픔의 바닥을 찾아가야만 하리
인생은 시작부터 고해
고통이 길어질수록

수반되는 영혼은 더 단단해질 것이고
때때로 생활이 속상하게 할지라도
꽃잎 속에 또 꽃잎이 있듯
마음속에 더 큰 마음이
자리하고 있으므로 위로 되고

살다가 살다가
친구가 없을 때
지금 하고 있는 일을
친구 삼을 줄 알면 좋으리
살다가 살다가
연필 한 자루 깎을 동안에도
행복의 시간을 누릴 수 있다면
그것 또한 좋으리

삶은 내버려 둘 수 없는
꽃과 같은 것
성냥 한 개비로 지핀

불빛의 인정으로

붉은 손바닥 안에 모인

따스함으로

무릎 맞대고 살아가야 할

지금은 엄동설한

# 새해에는

날씨는 춥지만
간밤에 내린 하얀 눈처럼
삼백예순날 하고 닷새를
대하는 그 무엇마다
맑은 영혼으로
꼭꼭 채울 수 있기를 희망한다

그리고
남는 시간 있다면,
아름다운 우리말과
내가 좋아하는 언어로
비록, 한나절도 못가 잠잠해질 잔풍 될지라도
비록, 한 번도 받아 넘겨지지 않는 메아리 될지라도
할 수 있다면,
이심전심할 수 있는
따뜻이 위로될 수 있는
시를 쓰고 싶다

시에는 삶이 녹아 있고

시에는 마음이 녹아 있기 때문입니다

인생은 시작부터 고해

고통이 깊어질수록

수반되는 영혼은 더 단단해질 것이고

때때로 생활이 속상하게 할지라도

꽃잎 속에 또 꽃잎이 있듯

마음속에 더 큰 마음이

자리하고 있으므로 위로 되고

# 신록예찬

지난겨울 삼동
쟁쟁한 한기와 맞서며
가지마다 하얀 눈을 이고 살던 나목들
철 바뀌고 호시절 맞나
제각기 본성의 색깔을 찾으려
모두 분주하다

춘삼월 꽃놀이 흥에 겨워
춤추던 나무들도
그 꽃잎 내려놓고
푸르름의 축제에 경건히 동참한다

눈부신 태양 아래
녹색의 풍요를 마음껏 누린다
푸른 자유를 만리껏 펼친다

이러할진대 나는
살판난 계절에

북 치고 장구 쳐서
흥이라도 돋우어 주어
나의 몫 다하련다

그러면 그러면
제 바람에 신명 난 나는
그 물색에 취해
향연의 대열 맨 끝줄에
구불거리며 따라가서라도
그 푸르름에 흠뻑 젖을 것이다

# 산철쭉

산철쭉 산철쭉
봄은 기울어 가는데
뭇 녹잎들은 저만치 이는데
이제야 내미는
너의 수줍은 얼굴,
기다린 보람은 그리운 임 즐겨 입던
양단 고운 자주 빛깔이구나

너마저 없었던들
때맞추어 하직 인사하는 이 없는
가는 봄의 뒷모습은
정작 서러웠을 것을

남은 자줏빛 사연은
자주 빛깔로 태워 버리고
끝내 그리움도 지우고
올해는 죽어도
돌아오지 않겠지

산철쭉 산철쭉

늦은 오월 어느 볕 좋은날에

너를 붉게 살라서

사연 많은 봄 흔쾌히 보내 주어

너의 소임 다했으니

여한은 저승엔들 있으랴

# 망종 날

까끄라기 망종 날
청천은 저녁답
늦도록 푸릅니다

지는 해 길어
순박한 감자꽃은
홀로 부지런하며

어머니 그리운
하얀 찔레꽃은
하지까지는
한창일진대

석양 길 거칠어도
꿈은 청천에 빛나고
인정은 뜨락에 모인
별처럼 도탑습니다

# 유월의 풍경

장마전선
남해 먼 바다로
잠시 물러간 금빛 저녁노을에
너울너울 밤꽃송이는
고동색 가을을 잉태한다

장마전선 북상전
건넛들 감자 캐어
꼴망태 한가로운 처마 아래서
서늘히 말려야 한다네
칠월이면 늦으리

여기서 먼 곳
망초꽃 어깨 넘어 아련한
그리운 순이네 집 앞마당에도
하지의 한 아름 붉은 해는
지금도 늦도록 환하게
비추어 주겠지

석양 길 거칠어도
꿈은 청천에 빛나고
인정은 뜨락에 모인
별처럼 또랑습니다

# 여름 일기

모래밭의 메뚜기는 기운이 넘쳐
제멋에 무심히 뛰어놀고
콩 이파리는 한낮 열기에도
기꺼이 성숙한 가을을 준비하는데
나는 먹고사는 것에 가로막혀
산에 와도 바다에 와도
한발도 못 빼고 있다
아무것도 다듬지 못하고 있다

# 남은 가을

나는
늦여름 목 긴 코스모스 추억 속에
머물고 있는데,
하이얀 국화꽃은 뒤뜰 가을마저
부옇게 재촉하고 있다

인생,
내일 아침이면 허망해질
밤하늘 수놓은 불꽃 축제처럼
덧없을 터이고

남은 가을은
스스로를 붉게 태워 버리고
입산하려 하는데,
먼 길 돌아와 지쳐 주저앉은 청춘은
떼 내지 못할 대롱임과 함께 다 와가고

이제야 나는
등불 아래 빙그레
거울을 본다

4부

나를 찾아서

# 귀결

지금은 찬 바람 부는 겨울

삶은 상수리 마른 잎처럼 매달려

간당간당하고

오동지 빛살에 발버둥 쳐도

얻을 것이라곤 없다

안으로 불 지펴 따스할 불씨 하나

찾아 헤맨다

세상은 온통 아픈 겨울뿐인데

바람은 무심히 이 거리 저 거리 쓸려 다니고

낙엽은 온전한 진실 하나 남기고

삶을 하직했을 텐데

누구 한 사람 알아주지 않는다

어떤 존재의 소중함

그것은 결국

나의 얘기로 귀결됨인데도 말이지

# 반성

내가 있다고 끔찍이 여기는 나는
참 나가 아니라고 하는데
나는 나만 살을려고
해가 갈수록 단단해지려 한다
제 몸뚱이만 천금같이 생각한다
죽기 전 단 한 번이라도
친친 동여맨 나를 풀어놓을 수 있을는지
언제 한 번 건널 수 있을는지

# 변심

산을 오른다
산에는
푸르게 사는 나무와
열반에 들어간 바위
그리고
사람들이 있다

산을 내린다
산 아래는
흔들리는 나무와
차가운 바위
그리고
여자와 남자가 보인다

# 변명

밥 땜에
돈 땜에
정 땜에
하루에도 수없이 나를 놓쳐
힘이 쓰인다
마음을 다해 마음을 붙들어는 보는데

죽기 전 단 한 번이라도

친친 동여맨 나를 풀어놓을 수 있는지

# 양양한 날들

빛발을 받은 양양한 가을 구절초처럼
젊은 날 내가 세상살이에
어지간히 자신하는 날들은
광대뼈 볼살과 이마가 미끔해지게
이발이라도 한 후
한 이레쯤이었다
가을비도 차지 않았으며
샛노란 국화꽃도 부럽지 않았다

## 허무와 고독

봄 소풍 갔다 돌아온 빈집 마당에
들떠 있던 날들은
칠성사이다 거품같이 가라앉아 버리고
쨍글한 봄볕만 소복이 들어앉아
말없이 맞아 주던 어느 봄날처럼
삶이 허무하고 고독할 때도 있더라

# 가을 강가에 서 보자


가을볕 은빛으로 자지러지는

가을 강가에 서 보자

몇 번이고 큰물 져 황토물 되어 성나 흐르던 강물도 세상살이 알 만큼

아는

곡절 많고 사연 많은 중늙은이처럼

강바닥까지 훤히 보여 준다

차라리 그것이 속 편한 일인 양

세상에 빚진 일도 많아 스스로 뉘우쳐서

다문 얼마라도 갚아야 하는 최소한의 양심으로

안으로 자정 노력을 하듯

마알간 물 되어 차분히 흐른다

다 잘될 거라는 희망 안고 끊이지 않고

가야 하는 것에 최상의 가치를 두어야 하듯

가을 강물은 그렇게 흐른다


가을 저녁 쉽게 드리워지는

가을 강가에 서 보자

사는 게 자신에게 속아 산다고 여기는 것이 차라리 나을 때는

안으로 안으로 기어드는 서글픈 쓴웃음이라도

가을 강가에서 지어 보자

긴 호흡 한 번만으로 지나온 슬펐던 못났던 과거를

털어 버릴 순 없겠지만

원래 무명한 내가 무무명할 수 있을는지 나는 아득히 몰라도

가을 강물은 다 받아 준다 다 이해해 준다

오늘 저녁 밥상에 콩자반 올라가고

살 오른 간고등어 구이가 차려지는 것만으로도 행복해 보자

그리고 아직 볕의 온기 살아 있어 방바닥이 차가워지기 전

더 적막한 겨울 골짜기로 들어가기 전

러닝셔츠 바람으로, 홑청 얇은 이불 하나만으로도

저녁 밤을 청할 수 있는 이 가을을 느낄 수 있음에도

감사해 보자

# 담쟁이의 연약한 촉수를 빌려서라도

오늘도
삶이 뻗을 자리는 양지바른 곳을 향한다
담쟁이의 연약한 촉수를 빌려서라도
해가 갈수록
나이 들어감에 대한 생각이 자주 따라오고
삶은 또한 죽음에 대한 생각도
하늘에 구름처럼 언뜻언뜻 끼고 살며
죽음조차 양지바른 곳을 찾아가도록
길을 닦는다
삶은 종종 지난 발자국 보고 싶어 뒤돌아보지만
허무의 그림자만 남아 아는 체한다
21세기 들어 돈의 위력은 잦아들 줄 알았지만
그것은 큰 착각이었으며
오백 년은 더 활개 칠 자본주의 대열에
낙오자가 되기 싫고
굶주림보다 굶주려질 수 있다는 두려움에
숭고한 역사마저 내팽개치고
삶은 응원가 없이도 뛰어야 하는 것이기에

입술 굳게 다물어진다

오늘도

삶이 뻗을 자리는 양지바른 곳을 향한다

아무 소용없는 시집 한 권을 끼고

# 나를 찾아서

봄볕 다사로우니
찔레꽃 하얀 찔레꽃
부지런해서 떳떳합니다
가을바람 서늘하니
구절초 하얀 구절초
정직해서 말갛습니다

이제 나를 찾아서
만 리라도 떠날 수 있습니다
내 안의 만 리면 또 어떻습니까?
나를 없애서 나를 찾으면 기쁨입니다
나를 없애서 나를 못 찾아도 기쁨입니다
색이랑
수상행식 끼고 살아도 기쁨입니다

지금 이대로
못다 쓴 시와
여기서 이대로

못다 들은 노래와

이별을 한대도 슬프지 않습니다

해가 갈수록

나이 들어감에 대한 생각이 자주 따라오고

삶은 또한 죽음에 대한 생각도

하늘에 구름처럼 언뜻언뜻 끼고 살며

죽음조차 양지바른 곳을 찾아가도록

길을 닦는다

# 나의 봄

몸을 설쳐야 먹고살 수 있는,
사흘거리 일도 알 수 없는 가난한 내가
아침 길에서
날 알아주고 날 좋아하는 사람을 보듯이 본
목련 꽃망울
돌아오는 저녁 길에서 그 꽃 활짝 피어서 무척이나 반긴다
길고 가느다란 나의 하룻길에
봄은 제법 수월히 왔다

# 해 바른 날

가을 볕살 깨알같이 쏟아져 내리는 거리에서

햇배 팔던 배장수도 사라지고

고봉산 중턱

물 마른 꿀밤나무 갈색 이파리들이

산들거리는 바람에도

무리 지어 낙하하는 늦가을도 가버리고

어느새

청천 하늘이 반이고

흰 눈이 반인 세상에 나는 살고 있다

나잇살 먹는 겨울에는 사람들 모두

어질어지며 어여뻐지며

또한 참한 꿈도 꾸며 맹서도 세운다 골목길 돌아 행길에 들어서면

뒷바람에 날려 흩어질지라도

그렇지만

오늘 해 바른 날 아침

간밤에 눈 내려

청천 하늘이 반이고 흰 눈이 반인 세상이

내게 다가와 조곤조곤 말한다

대하는 그 무엇마다를
아주아주 사랑하고
한 점 없이 용서하라고
그것이 나를 미나리 싹 돋우듯이
새파랗게 살리는 길이라고

## 낙산사에서

만 마지기 들 같은
높은 바다 수평선을
눈이 시리도록
똑바로 볼 수밖에 없었다

# 가을 그리고 나는

우주 속을 운행하는 별들은 모두
날마다 초행길이니
그 속에 있는 나도 늘상 미지의 우주를 맞이한다
그러니 이 가을도 난생처음 맞는 미지의 계절이다
맑은 공기도 밝은 햇살도 푸른 하늘도

오늘 저녁
삶은 계란 하나와
찐 감자 하나를 앞에 두고
나는 행복해할 줄 알아야 한다
내가 좋아하는 시인은
가난하고 외롭고 높고 쓸쓸한 시인인데
나는 높지도 않다
그래도 나는 행복해할 줄 알아야 한다

겸허해지고픈 가을 저녁
날마다 초행길을 가는 나는
언젠가 덜컹대는 삼륜차 적재함에서

맑은 공기와 밝은 햇살과
푸른 하늘을 맞았던 기분으로
미지의 가을을 맞이해야만 한다

내가 좋아하는 시인은
가난하고 외롭고 높고 쓸쓸한 시인인데
나는 높지도 않고

# 살다가

살다가 무심코 뒤안길에 가 보듯이
가끔 마음의 빈터를 둘러본다
빈터에는 오래된 추억이
따라 불렀던 노랫말처럼 나직이 흘러나온다
붉은 홍옥 같던 마음을 주고받던 옛사랑도
멀찍하니 멀어진 젊은 날의 이야기도
아직 하나둘 반짝거리고 있다
다가가서 들추어 보는 재미가 있다
그 모든 것들이 지금 나의 존재의 소중한 연이다
그러니 사랑해야지

살다가 비오는 날이 있듯이
마음도 축축하니 젖는 날이 있다
이런 날이면 팔짱을 끼고
창밖을 한참을 본다
월말 수지 셈을 아무리 해 보아도
남는 장사가 되지 않는
아까운 세월을 죽이는

먹고사는 세상일들을 벗어날 수 없는데
쏟아질 듯한 밤별들마저 보이지 않는다
분명 은하수에는 푸른 별들이 강물처럼
흘러가고 있을 텐데
그러나 지금은 별 없는 밤을 말없이 가야 한다
뚜벅뚜벅 가다 보면
별들이 강물처럼 흘러가는
하늘이 열리겠지

# 산 넘어 가듯 그렇게 가리


이승 끝나 저승 갈 때는
우물가 물 길으러 가듯 가리


이승 끝나 저승 갈 때는
동구 밖 저녁 별 보러 가듯 가리


그때가 봄날이면
두고 갈 봄볕 한 줌에도
미련이 없다고 하면 거짓말이겠지만은
그때가 가을날이면
두고 갈 갈바람 한 줄기에도
뗄 정이 없다고 하면 말이 안 되겠지만은


이승 끝나 저승 갈 때는
먼 산 솔개가 몇 바퀴 빙빙 돌고
산 넘어 가듯 그렇게 가리

# 얼굴 다듬기

아침마다
거울 속의 나를 본다
가진 것이라곤
생긴 꼴
이것밖에 없다

무얼 더 내놓을 수 있으랴
그러니
거울을 닦자
티 없이 닦아 보자
이참에
본심이 반질하게 보일 때까지
켜켜이 쌓인 부산물을
한 겹 한 겹 벗겨 내고
또 벗겨 내어
마지막 귀하게 남은 의식의 껍데기까지

거울 속엔

청정무구의 하늘이 있고

심연의 침묵이 있고

착 달라붙는 미소가 있다

# 나란 사람

구두, 싼 맛에 산 나의 구두가
서둘러 해지고 말았다
싸다고 권해 준 구두방 주인을
몇 날을 멀게 느끼고 말았다
실은
질기기를 바랐던
얇디얇은 나를
멀게 느껴야 하는데

# 지금 바로 여기에서

웃어야 합니다
환해야 합니다
그렇지 않으면
내가 집니다

지금 바로 여기에서
나는 웃는다
나는 환하다
그러면
내가 살고
내가 이깁니다

# 국밥집 하나 열겠소

재 아래면 어떠리
강나루면 어떠리
국밥 한 그릇 자시고
산 넘을 사람 산 넘고
물 건널 사람 물 건너고

산새 소리 없어도 괜찮소
물새 소리 없어도 괜찮소
국밥 한 그릇 자시고
가뿐한 발걸음이면 그뿐이지

서산 해 빠져 길 저물어도
국밥 한 그릇 자시고
길 떠날 사람 떠나야지

배고파 임 못 만나
허기진 설움 된다면
함께 서러워해 줄
국밥집 하나 열겠소

우주 속을 운행하는 별들은 모두

날마다 초행길이니

그 속에 있는 나도 늘상 미지의 우주를 맞이한다

그러니 이 가을도 난생처음 맞는 미지의 계절이다

맑은 공기도 밝은 햇살도 푸른 하늘도

# 설국에서

두툼한 흰 설토 길을 걷는다

골짜기 안으로 안으로 들어가니

소나무 참나무 잣나무

그리고 이름 모를 나무들이 모두 눈을 듬뿍 이고

휠 줄 아는 방법을 배웁니다

설국의 세상에서는 휠 줄 아는

존재들이 이깁니다

산까치가 아는 체를 하는 야트막한 설원에서

나는 나만의 작은 성 하나 쌓겠다고

성 밖에는

바람이 갉아도 비가 쪼아도 끄떡없는

진정 조막만 한 성일지언정

잊어버렸던 나의 원래 색깔을 찾아 칠하며

성 안에는

평화롭고 따스한, 즐거움이 있는 성을

살아갈 날들 적지만

늦되더라도 한 돌 한 돌 다질 것이라고

큰마음 먹는다

설토 위의 하산 길에서

병치레 후 안색 안 좋은 이웃집 아지매에게

몸보신 요량으로 곰탕거리 두어 근 사서 갖다준

어제 일이 불현듯 다가선다

형편 녹녹하지 않지만

잘했다는 생각에 하산 길이

제 바람에 겨워 흐뭇하다

# 구월을 붙잡고

가을 산 가을비에 젖는다
가을 구름 가을바람에 흩어지고
백로 지난 가을볕의 농도는 싱거웁다

허공에다 빈집을 지었다
그 집 허물어졌다
눈먼 사람 귀먼 사람 되어 간다

그리움은 밤새 하얀 밤으로 뒤척였다
열정과 원숙을 원했던 팔월은 떠나갔다
그렇지만,
패랭이꽃 지지 않고 대지에 바짝 붙어
제 소임 다하고 있는 한,
구월을 붙잡고서라도 살아가야지

# 이 가을에는 물러서고 싶습니다

가을이 깊어 갑니다
가을 중심에 섰던 국화꽃도
이제는 변두리에 서 있습니다
물 마른 나뭇잎들은
한 줄기 바람에도 미련 없이
낙하할 준비를 하고 있습니다

당신의 고운 얼굴 보고파
가을산도 함께 붉게 타들어 가더라도
당신의 고운 음성 듣고파
가을 저녁도 함께 고요의 삼매에 빠지더라도
이 가을에는
물러서고 싶습니다

혹여
그리움이 가을 낙엽 따라 떠날지라도
붙들지 않겠습니다
비켜서서

가는 뒷모습을 바라만 보겠습니다
지금은 어찌할 수 없는
성숙한 가을이기 때문입니다

# 난 사월을 몰라

꽃 피어
사월이 온지 알지
난 사월을 몰라
그래서 좋은 거지

꽃 져서
사월이 간지 알지
난 사월을 몰라
그래서 슬픈 거지

# 올봄

봄이 빠듯이 왔나 싶더니
그 봄,
어느 잔칫집에서 만난 재종 육촌 간처럼
반듯한 하직 인사도 못하고
슬며시 가 버렸다
갯가 작벼리에
빛살만 한가득 쏟아 놓고서
올봄
한 번 야물어 보지도 못하고
내게는 그게 전부다

# 희망

곧 죽어도
너를 놓을 수 없고
죽은 다음에도
곧 찾아야 할 너
너가 지푸라기일지라도

# 당신의
# 작은 손을
# 잡고

ⓒ 이원경, 2019

초판 1쇄 발행 2019년 1월 17일

지은이    이원경
펴낸이    이기봉
편집      좋은땅 편집팀
펴낸곳    도서출판 좋은땅
주소      경기도 고양시 덕양구 통일로 140 B동 442호(동산동, 삼송테크노밸리)
전화      02)374-8616~7
팩스      02)374-8614
이메일    so20s@naver.com
홈페이지  www.g-world.co.kr

ISBN    979-11-6222-967-5 (03810)

이 도서의 국립중앙도서관 출판예정도서목록(CIP)은 서지정보유통지원시스템 홈페이지(http://seoji.nl.go.kr)와 국가자료공동목록시스템(http://www.nl.go.kr/kolisnet)에서 이용하실 수 있습니다. (CIP제어번호 : CIP2019000434)